KB195738

가와이소니!

OPANCHU USAGI

©KAWAISOUNI! 2024

First published in Japan in 2024 by KADOKAWA CORPORATION, Tokyo.
Korean translation rights arranged with KADOKAWA CORPORATION, Tokyo
through Danny Hong Agency.

이 지구상에서

오로지 단 하나,

유일무이한 오리지널 생명체…

그것이 바로…

이동 마법

빤쮸토끼 란 무엇인가!!
완벽 해부

나이스 리본
남은 돈으로 샀다.

울망울망 눈·동·자
당장이라도 울 것 같다.

겨드랑이
짭짤한 냄새

헐렁헐렁 팬티
고무줄이 끊어졌다.

발끝
퍼석퍼석 (때로는 버석버석)

숏다리
유일한 재미 요소

이번 기회에 이 책을 선택해 주신 여러분, 진심으로 고맙습니다. 이 책을 읽고 여러분의

인생이 부디 충만해지기를 바라마지 않습니다.

언제나 고맙습니다.

빤쮸토끼 올림

수업

끝

시험

노래방

벌
컥

방구

끝

팔_아작남.png

팔꿈치

그럼 건배 할까요?

COOL!

뒤쪽은 이런 느낌이에요~

FREE

뻥인

★ 캐릭터의 얼굴이 일본 전통 놀이기구 겐다마(けん玉) 본체다. 겐다마는 본체에 매달린 공을 양
　쪽 접시 위나 뾰족한 스파이크에 올리는 기술을 자랑하며 노는 기구다. ― 옮긴이

학 1000마리

44

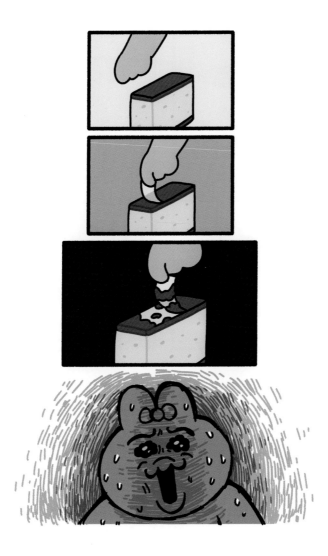

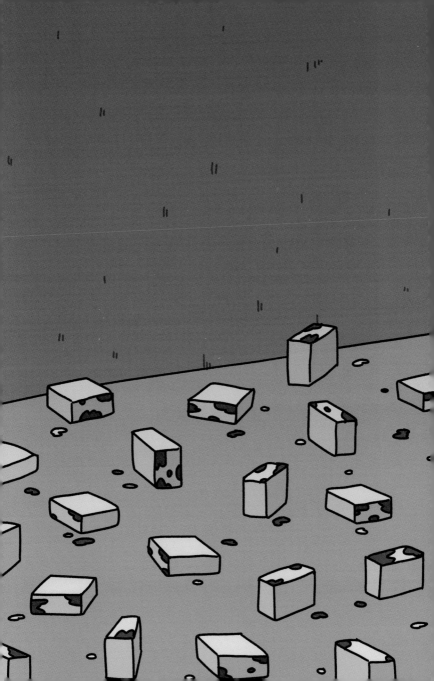

cap
accident...

조난

끝

거대 난!

주차

끝

삼중 예약

반항

초밥

끝

수리

비좁은 욕실에
죄다 모였구나.

서예 대회

BAR

끝

빈집털이범
수습생 시절

끝

순서

세차가 전혀 되지 않았습니다.

손목시계

'빤쮸토끼 마을 반상회 게시판'에서 발췌

신발가게

겨울엔 역시 셔츠 한 장만 입는 게 기본. 언제든 자신을 시험하고 싶은 사람은 밖으로 나가 모험을 떠나도 좋다!!

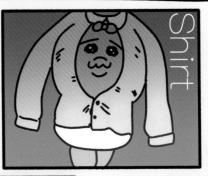

올해 오프숄더 역시 놓칠 수 없는 아이템!! 놓친 순서대로 인생이 망한다!! 숨기고 싶은 게 있다면 스카프를 둘러라!!

무다리를 감추는 데 최고!! 셀룰라이트를 꼭 보여주고 싶은 사람은 다른 걸 챙겨도 좋다!!

〈자기만족 패션〉 2월호에서 발췌

이어폰

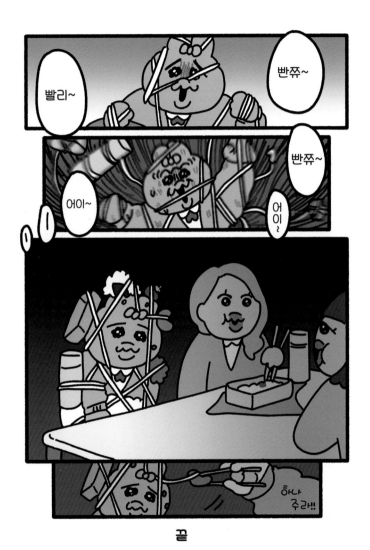

신경 쓰여

자존심과 편견

잠복

측정

끝

여름

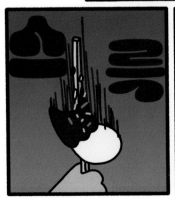

꾸욱…

101

날치기

빤쮸토끼 씨 인터뷰

'빤쮸'는 단순히 입는
속옷이 아닌
그 이상입니다.

2023년
'골든언해피
IP상'
수상 중에 방뇨.
기타 방뇨 다수.

빤쮸토끼

Q. 왜 남들 앞에서 팬티 바람인가?
그저 부끄러울 따름입니다(웃음).

Q. 만약 1000만 원을 받으면 뭘 하겠나?
저축하고 싶지만 이 기회에 옷을 사고 싶기도 합니다(웃음).

Q. 휴일에는 뭘 하며 보내나?
화장실에 가고 싶을 때까지 멍하니 있습니다(웃음).
또 이불을 구경하기도(웃음).

Q. 아까부터 뭐가 그렇게 재미있나?
죄송합니다(웃음).

〈디지털 코딱지〉 5월호에서 발췌

코트

상경

끝

피자

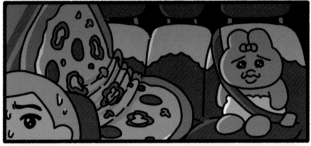

끝

비극의 10차선
higekijusshasenn

제일 왼쪽 차선에 있던 빤쮸토끼.

차선을 가로질러 우회전할 수 있을 것인가!?

〈빤쮸토끼 첫 조연 출연 영화 book〉에서 발췌

부상

화장실

추로스의 추억

쌀

빤쮸토끼 일기

도와주려
했더니…

헤엄치는
중이었다.

점

끝

영화

내 백조 보트만
나를 보네.

못 내렸다.

꿈을 파는 상인

끝

마무리하며

《빤쮸토끼》를 구매해주셔서 고맙습니다!
단 걸 먹으면 짠 게 당기고, 짠 걸 먹으면 단 게 당기고, 단짠단짠의 결과 식욕의 무한 루프에 빠진 하루하루입니다. 책, 열심히 했습니다. 전부 마우스로 그리느라 특히 힘들었습니다. 재밌게 읽어주신다면 해피입니다!

가와이소니! 올림

옮긴이 이소담

동국대학교에서 철학을 공부하다가 일본어의 매력에 빠졌다. 읽는 사람에게 행복을 주는 책을 우리말로 아름답게 옮기는 것이 꿈이자 목표다. 지은 책으로 《그깟 '덕질'이 우리를 살게 할 거야》가 있고, 옮긴 책으로는 《양과 강철의 숲》, 《밤하늘에 별을 뿌리다》, 《빵과 수프, 고양이와 함께하기 좋은 날》, 《런치의 시간》, 《마음을 맡기는 보관가게》 시리즈 등이 있다.

빵폭도!!

초판 1쇄 인쇄	2024년 11월 18일
초판 1쇄 발행	2024년 11월 27일
지은이	가와이소니!
옮긴이	이소담
책임편집	주소림
디자인	MALLYBOOK 최윤선, 오미인, 조여름
책임마케팅	김서연, 김예진, 김찬빈, 김소희, 박상은, 이서윤, 최혜연, 노진현, 최지현, 최정연, 조형한, 김가현, 황정아
마케팅	최혜령, 도우리
경영지원	백선희, 권영환, 이기경
제작	제이오
펴낸이	서현동
펴낸곳	㈜오팬하우스
출판등록	2024년 5월 16일 제2024-000141호
주소	서울특별시 강남구 테헤란로 419, 11층 (삼성동, 강남파이낸스플라자)
이메일	info@ofh.co.kr

ⓒ 가와이소니!

ISBN 979-11-94293-30-9 (03830)

크래커는 ㈜오팬하우스의 출판브랜드입니다.